CLINK
CLINK
CLINK

Papel certificado por el Forest Stewardship Council®

MIXTO
Papel
FSC® C117695

Penguin Random House Grupo Editorial

Primera edición: noviembre de 2024
Tercera reimpresión: julio de 2026

Printed in Spain – Impreso en España

ISBN: 978-84-10298-96-5
Depósito legal: B-16.049-2024

Compuesto en Compaginem Llibres, S. L.
Impreso en Liber Digital, S. L.
Casarrubuelos (Madrid)

GT 9 8 9 6 5

24 HORAS SIN DECIR «NO»

STRANGER KIDS

ISAAC PALMIOLA

ILUSTRADO POR CAMILO COREAS

MONTENA

1 24 HORAS SIN DECIR «NO»

Esto solo acaba de empezar y ya es **EL MEJOR DÍA DE MI VIDA**. Y no solo el mío. También es el de mi hermano Dani, el de nuestro mejor amigo Omar y el de nuestro perro Timba.

Hemos alquilado un **PEQUEÑO YATE DE LUJO** a primera hora de la mañana y estamos desayunando a cuerpo de rey mientras tomamos el sol en estas tumbonas tan cómodas. **Agito la campanita** y enseguida el servicio acude ante nuestra presencia.

(Tengo que reconocer que los dos son bastante amables y eficientes)

—Se me ha acabado el zumo, señora Virgi —digo mostrando mi copa vacía—. Por favor, rellene también las copas de mi hermano y de Omar.

—¿CUÁNTOS HIELOS VA A QUERER LA SEÑORITA?

—Uno, por favor —contesto, y me giro hacia papá, el señor Mateo—. Un poco más rápido, señor Mateo. **HOY HACE MUCHO CALOR.**

—Por supuesto, señorita —contesta y se pone a abanicarme más rápido.

-¿ALGO MÁS, SEÑORITA MERY?

—Otro *hot dog* para Timba. El pobre se ha quedado con hambre.

—Enseguida, señorita —contesta mi madre, la señora Virgi.

SÉ QUE ESTÁIS FLIPANDO.

(De hecho, nosotros también estamos flipando)

Seguro que pensáis: ¿cómo han conseguido Mery y Dani pegarse un desayuno con todos estos lujos en un yate tan fantástico?

Y, AÚN MÁS: ¿cómo han conseguido que sus padres se vistan de esa forma, los traten de usted y les sirvan como si fueran criados del siglo XIX?

¿OS GUSTARÍA QUE OS OCURRIESE LO MISMO?

SEGURO QUE SÍ.

Es sencillo. Lo único que necesitáis es **«un día del sí»**, un día en que vuestros padres tengan que deciros «sí» a todo.

O lo que es lo mismo: **«24 horas sin decir "no"»**.

CONTRATO

24 HORAS SIN DECIR «NO»

Nosotros, como padres de ___________(pon aquí tu nombre completo), nos comprometemos a pasar 24 horas sin decir «no» a todo lo que nos pidan nuestro/s hijo/s.

Firmado:

Padres

Hijo/a

Ya sé que lo pinto muy fácil, pero en realidad conseguirlo ha sido más **DIFÍCIL** que encontrar agua en el desierto.

Ahora voy a contaros con pelos y señales cómo hemos llegado hasta aquí.

PERO ANTES...

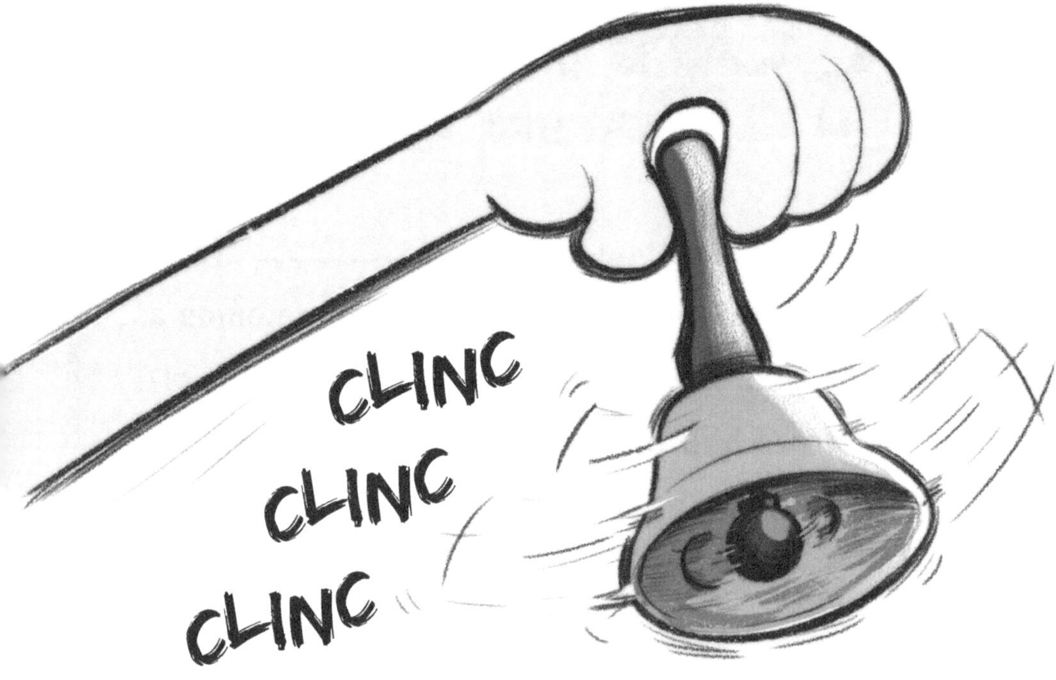

—Señora Virgi, ponme un helado de tres bolas, por favor: pistacho, limón y chocolate blanco con virutas de canela y turrón.

—Lo siento, tenemos helado de chocolate blanco, pero NO con virutas de canela y turrón, señorita.

¿LO HABÉIS OÍDO?

MI MADRE HA PRONUNCIADO LA PALABRA PROHIBIDA: «NO».

Pongo mala cara, pero decido pasar por alto el error.

—Bueno, pues que sea de chocolate blanco, entonces, **PERO QUE NO VUELVA A OCURRIR**.

2 CON LA PELI EMPEZÓ TODO

Seguro que pensáis que Dani, Omar y yo nos estamos pasando un poco con nuestros padres.

BUENO, SUPONGO QUE LAS HISTORIAS HAY QUE EMPEZARLAS POR EL PRINCIPIO.

Así se entienden mejor.

Todo surgió hace unos tres meses, después de ver *El día del sí*, una comedia muy divertida y muy inspiradora.

JA-JA-JA-JA
JA
JA

JA-JA-JA
JA-JA-
JA

Nosotros hicimos lo mismo que vosotros después de verla.

(O lo que haréis si aún no la habéis visto)

—**¡QUEREMOS UN «DÍA DEL SÍ»!** —exclamamos—. ¡Solo 24 horas!

Y entonces no podemos parar de repetir:

¡QUEREMOS UN DÍA DEL SÍ!

¡24 HORAS SIN DECIR «NO»!

—Deja que me lo piense un momento. —Mi padre se frotó la barba, pensativo—.

LA RESPUESTA ES...

¡NO!

Los dos se empezaron a **TRONCHAR** de la risa.

—Ni borrachos aceptaríamos 24 horas sin decir «no» —añadió mi madre entre risas—. Qué digo «borrachos»... No aceptaríamos 24 horas sin decir no ni aunque nos amenazaran con empujarnos dentro de **UN VOLCÁN EN ERUPCIÓN**.

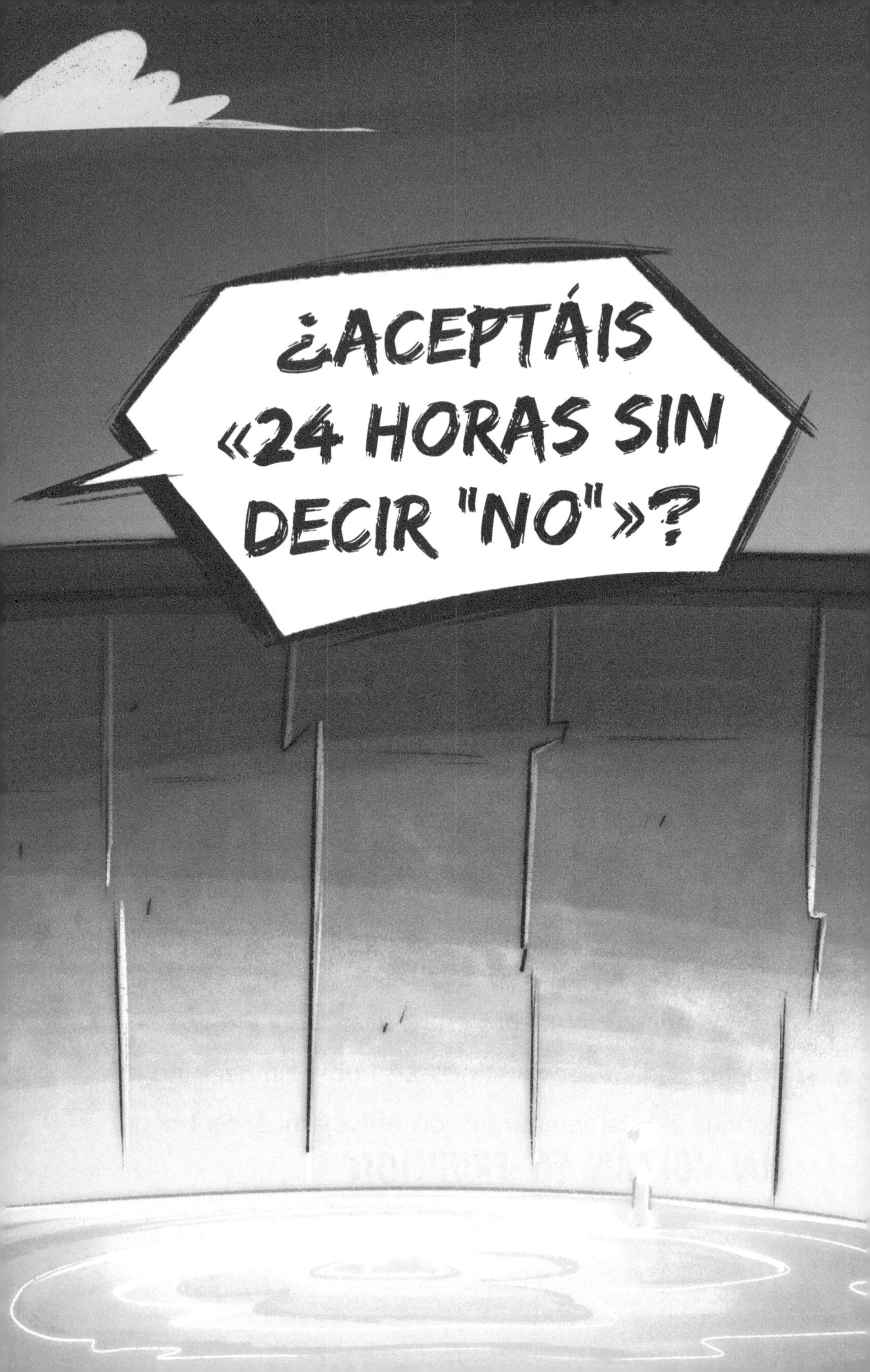
¿ACEPTÁIS «24 HORAS SIN DECIR "NO"»?

¡NUNCA!

A la mayoría de los niños les habría quedado claro, pero Dani y yo somos **UNOS PESADOS DE CUIDADO**. Durante la siguiente semana insistimos hasta la saciedad.

NO PARÁBAMOS DE REPETIRLO.

—¡24 horas sin decir «no», por favor! —suplicábamos una y otra vez—. Solo 24 horitas de nada...

Lo pedíamos a todas horas y en todos los lugares:

¡24 HORAS SIN DECIR «NO», POR FAVOR!

¡POR FAVOR!

¡24 HORITAS!

24 HORAS SIN DECIR «NO».

¡SOLO 24 HORAS!

Finalmente, al cabo de una semana, cuando ya pensábamos que nunca aceptarían, nos reunieron en el comedor.

—Queridos hijos —empezó nuestra madre—: hemos decidido concederos vuestro deseo...

PASAREMOS 24 HORAS SIN DECIR «NO».

Dani y yo (y Timba) empezamos a dar **SALTOS DE ALEGRÍA**.

3 LOS DIEZ COMPROMISOS

—En este mundo no hay nada gratis. Y aún menos un regalo tan extraordinario como «24 horas sin decir "no"»...

En los labios de nuestros padres se formaron sonrisas **CRUELES**.

Algunos de vosotros ya conocéis a nuestros padres. A veces les da por ir de profesores y de escribir normas **EN UNA PIZARRA**.

LOS DIEZ COMPROMISOS

AHORA ENTENDÉIS LA SONRISA MALÉFICA DE SUS ROSTROS, ¿VERDAD?

—Si cumplís estos diez compromisos durante los próximos **¡TRES MESES!** sin cometer un solo error, **DISPONDRÉIS DE 24 HORAS PARA PEDIRNOS LO QUE QUERÁIS**. No vamos a negaros nada.

Dani y yo nos miramos.

TODOS LOS RETOS ERAN DIFÍCILES.

ALGUNOS DE ELLOS, MUY DIFÍCILES.

DANI, por ejemplo, siempre ha sido un poco guarro: no se había duchado dos días seguidos en toda su vida y ni siquiera sabía que la tapa del retrete podía bajarse.

Y YO... Bueno... Digamos que cuando estoy un poco enfadada se me escapa algún que otro taco y que lo de comer alimentos de color verde (salvo los chicles de menta, claro) lo llevo bastante mal.

La cosa estaba muy difícil, pero el reto número 10 era **DIRECTAMENTE IMPOSIBLE**. Algunos de vosotros ya conoceréis a nuestra profesora de Historia, **LA TIRANOSAURIA** (¡y, si no, leed *24 horas sin wifi*!).

La Tiranosauria lleva mil años enseñando Historia en Tragalobos y nunca **¡NUNCA!** le ha puesto un excelente a ningún alumno.
Dice que los alumnos con excelentes se creen unos sabiondos y que a ella no le gustan los sabiondos... **¡ES IMPOSIBLE!**

—No pasa nada, entonces —dijo mamá—. Vamos a dejar pasar esa ocurrencia de las «24 horas sin decir "no"», ¿os parece?

En ese momento entendí **SU ESTRATEGIA**.

Todo aquel numerito de «Los diez compromisos» no era más que **UNA FARSA** para que nos calláramos y dejáramos de pedir a todas horas «24 horas sin decir "no"».

¿ÍBAMOS A DEJAR QUE SE SALIERAN CON LA SUYA?

¡POR SUPUESTO QUE NO!

Dicen que no se ha escrito nunca nada de los cobardes. Y yo quería escribir un tercer libro sobre **NUESTRAS AVENTURAS**.

—¡Vamos a sacar un excelente en Historia! —exclamé entusiasmada.

—No sacaremos un excelente —me corrigió Dani, también picado—.

¡SACAREMOS UN 10!

10
10

4 ESCLAVOS

Los siguientes tres meses fueron **MUY DUROS**. Dani y yo nos convertimos en los niños perfectos: **LIMPIOS, ASEADOS, EDUCADOS, TRABAJADORES Y ESTUDIOSOS**.

Nuestros dientes estaban TAN blancos que brillaban y podríamos haber ganado un premio a la habitación MÁS ordenada del mundo.

Cumplimos **A RAJATABLA** los diez compromisos y nos esforzamos especialmente con la asignatura de Historia.

Dani, Omar y yo fuimos a visitar a la Tiranosauria y le explicamos que queríamos sacar **UN EXCELENTE**.

—Supongo que ya lo sabéis, pero nadie ha sacado nunca un excelente en mi asignatura.

—Siempre hay una primera vez —contesté—. **¿QUÉ TENEMOS QUE HACER PARA CONSEGUIRLO?**

La Tiranosauria nos mandó leer **DOCE LIBRACOS MUY GORDOS** y nos pidió diez trabajos de 50 páginas ¡CADA UNO!

—Con esto no bastará para sacar un excelente —nos informó—. También tendréis que hacer todos los exámenes perfectos, **¡INCLUSO LOS QUE SEAN SORPRESA**.

Estudiábamos tanto que nos salía **HUMO** de la cabeza. Y cuando llegaba el domingo nos levantábamos temprano, preparábamos un suculento almuerzo para nuestros padres y se lo servíamos en la cama. **NOS LO CURRÁBAMOS UN MONTÓN, PERO INCLUSO ASÍ ELLOS SE PONÍAN QUISQUILLOSOS.**

Estos huevos no están mal, pero me gusta la yema más **CRUJIENTE**... Cocinadlos con el fuego más fuerte la próxima vez.

Y cortad el chorizo un poco más fino, por favor.

Se lo pasaban de coña.

EN LUGAR DE TENER DOS HIJOS, AHORA TENÍAN DOS ESCLAVOS.

ESTABAN CONVENCIDOS DE QUE, TARDE O TEMPRANO, DANI Y YO METERÍAMOS LA PATA, pero fueron pasando las semanas y los meses, y ni mi hermano ni yo cometíamos ningún error. La verdad es que nosotros dos empezamos a creérnoslo.

—Vamos a hacer **UNA REUNIÓN SECRETA** para planificar las «24 horas sin decir "no"» —propuse, y Dani estuvo de acuerdo.

En la reunión secreta invitamos a Omar y a Timba, por supuesto.

TRAS DOS HORAS DE DISCUSIONES, PACTAMOS ESTE PROGRAMA DE ACTIVIDADES.

PLAN
24 HORAS
SIN DECIR «NO»

(¡¿A que mola?!)

7.00: alquilar yate y salir a navegar.

8.00: desayuno en tumbonas.

9.00: esquí acuático, esnórquel, espeleología, paddle surf, etc.

14.00: comida. Restaurante Fritanga: patatas fritas, calamares a la romana, pollo rebozado (una tonelada de cada tipo).

15.30: vuelo en avioneta y salto en paracaídas en familia.

18.00: comprar dos mascotas:

* Tarántula goliat (Mery). Se llamará Wednesday.

* Cerdo vietnamita (Dani). Se llamará Hoang (en Vietnam es un nombre tan común como Juan).

19.00: comprar la colección completa de libros de misterio de Perrock Holmes (más de 20 volúmenes). ¡Los especiales de Halloween y Navidades también, por supuesto!

20.00: cena. Pizza gigante (para 20 personas, pero nos la comeremos entre cinco). Con extra de carne picada, beicon, jamón, huevo, queso, más queso, gambas, atún, más queso, piña (el pesado de Dani quiere piña), salami y champiñones.

22.00: fiestuqui en casa. Con un kilo de golosinas y Rosalía cantando en directo.

Por desgracia, en nuestra **REUNIÓN SECRETA** se colaron un par de **ESPÍAS** que no perdieron detalle de todo lo que hablamos.

Los espías también intentaron **REUNIRSE** más tarde en secreto, pero nosotros también nos convertimos en **ESPÍAS** y los espiamos a ellos.

Esa fue su conversación:

—Esto se está volviendo **MUY PELIGROSO** —dijo mamá—. **NUESTROS HIJOS NO SON COMO LOS NIÑOS DE LA PELI.** Aquellos chavales pedían cosas fáciles, como ir a un parque de atracciones, hacer una fiesta o desayunar helado...

—Ya has visto lo que quieren comer —dijo papá—. Toneladas de comida frita y **UNA PIZZA** del tamaño de nuestro comedor...

—¡Esto es lo de menos! —replicó ella—. ¡Lo que me preocupa es que quieren **MASCOTAS NUEVAS**!

—Dani quiere un cerdo, mira que llega a ser friki...

—¡El cerdo tailandés o de donde sea ese animal es lo de menos! —exclamó mamá—. Mery quiere **UNA TARÁNTULA GOLIAT**. Lo he buscado por internet y es la más grande del mundo.

¡YA SABES QUE NO SOPORTO LAS ARAÑAS Y MI HIJA QUIERE TRAER A CASA A LA TARÁNTULA MÁS INMENSA DEL PLANETA!

(**Exageraba a tope**, claro. La tarántula goliat es un animalito entrañable y, en algunos países —no me preguntéis cuáles—, se la considera **«LA MEJOR AMIGA DE LAS PERSONAS»**).

—Pues para mí lo peor es lo de **TIRARSE EN PARACAÍDAS**. Ya sabes que tengo vértigo. Las alturas me dan **TERROR**... —dijo papá.

—Este día de pesadilla que planean nuestros hijos **no puede existir nunca** —sentenció mamá.

—Tranquila, que aún nos queda un as en la manga: **EUGENIA PLOMIZO**. Ella no va a fallarnos...

Y entonces se rieron en plan maléfico.

5 EL EXAMEN

(Alias la Tiranosauria)

Eugenia Plomizo es la profesora más dura, severa y estricta del **sistema solar**. Sus exámenes finales son tan difíciles que casi nadie los aprueba. Y nosotros teníamos que sacar un excelente.

FINALMENTE LLEGÓ EL DÍA.

NO HAY NI QUE DECIR QUE ESTÁBAMOS MUY NERVIOSOS.

EXAMEN
Xtreme
EXAMEN

Durante el examen sudamos, literalmente, la gota gorda, pero habíamos estudiado **TANTO** que los niños más empollones de Corea del Sur parecerían unos vagos comparados con nosotros. **Nos memorizamos** 346 fechas diferentes, 829 nombres propios y un montón de detalles sobre el descubrimiento de América.

(Incluso nos sabíamos el número de pelos que Cristóbal Colón tenía en la nariz)

Hicimos un examen **PERFECTO**, pero cuando se trata de la Tiranosauria uno nunca puede estar seguro.

ESTÁBAMOS TAN NERVIOSOS QUE ESPERAMOS EN EL PASILLO MIENTRAS LOS CORREGÍA.

—¡Vaya sandez! —exclamaba, mientras suspendía un examen detrás de otro—. **¡NO, NO, NO Y NO!** ¡Si el examen de Historia fuera un concurso de tonterías, tendrías **UNA MATRÍCULA DE HONOR**!

De repente, la Tiranosauria se quedó callada, acariciándose el mentón, y leyó atentamente dos exámenes sin pronunciar una sola palabra. Al terminar, levantó la mirada y fue hacia nosotros como un águila que acaba de localizar a un conejo indefenso.

DANI Y YO NO QUEDAMOS MÁS TIESOS QUE UN POSTE TELEFÓNICO.

—Esta vez habéis estudiado de verdad —nos dijo—. Os felicito.

Nos devolvió los exámenes y...

¡TENÍAMOS UN 10!

Volamos a casa en bici pedaleando más rápido que el ganador del Tour de Francia.

Solo faltaban **TRES DÍAS** para que acabaran los tres meses acordados, aún no habíamos cometido **NINGÚN ERROR** y acabábamos de conseguir lo más difícil:

SACAR UN EXCELENTE EN HISTORIA.

La mayoría de los padres se **ALEGRAN** de que sus hijos saquen buenas notas. Los nuestros reaccionaron con la misma alegría que si un médico les pidiera hacerse **una colonoscopia**.

(¿No sabes lo que es? Pregúntaselo a tus padres)

¡24 horas sin decir «no»!

¡LO HEMOS CONSEGUIDO!

—**Aún no** —contestó Virgi, nuestra madre—. Os merecéis este premio, pero todavía faltan tres días...

—Ojalá no cometáis ningún error —añadió nuestro padre, más falso que un billete de Monopoly—, **PERO EN TRES DÍAS SE PUEDEN COMETER MUCHOS**...

6 JUEGO SUCIO

Entonces empezó el **JUEGO SUCIO**.

Lo primero que hicieron fue instalar una cámara de seguridad en el lavabo. Querían **PILLAR** a Dani dejando la tapa del lavabo sin cerrar.

Pero no lo consiguieron. Dani bajó la tapa de retrete después de hacer sus necesidades sin cometer fallo alguno.

¡NO TODOS LOS HÉROES LLEVAN CAPA!

¡ESTOY ORGULLOSA DE MI HERMANO!

Sin embargo, nuestros padres aún tramaron una jugarreta más enrevesada.

LA LLAMARON «OPERACIÓN VERDURA».

Al día siguiente, a la hora del recreo, saqué el bocadillo de la mochila y le di un mordisco... ¡Puaj! **Era de brócoli.**

Comimos, merendamos y cenamos verduras y nada más que verduras: berenjenas, apios, cebollas, ajos, coliflor, espinacas, entre otras muchas variedades que no me gustaban lo más mínimo.

¿Habéis comido alguna vez una crema de calabacín y puerros para merendar? Pues yo sí: **¡PUAJ!**

Su crueldad era tan refinada que, después de comer verdura durante tres días enteros, mi madre me dedicó su mejor sonrisa:

—¿Te apetece un helado de postre, Mery?

—¡Por supuesto!

LO PROBÉ Y ERA ASQUEROSO.

—**HELADO DE COLES DE BRUSELAS**

—sonrió mamá—. ¿Te gusta?

Iba a decirle que era más **REPUGNANTE** que beberse el agua de las alcantarillas, pero me contuve a tiempo. «No quejarse cuando toque comer verdura», decía el séptimo compromiso.

SOLO ERA UNA DE SUS TRAMPAS.

Quería que me quejara para no tener que concedernos las «24 horas sin decir "no"».

Si las maniobras con la cámara de vídeo en el aseo y las verduras os parecen sucias, **AÚN NO SABÉIS LO QUE HICIERON AL DÍA SIGUIENTE**.

Nuestros padres se presentaron en el cole con un magnífico lote de **PRODUCTOS EXQUISITOS**: un jamón, quesos y embutidos varios, vino y dulces... ¡De todo!

Dani, Omar y yo sospechábamos que se traían algo entre manos y los seguimos hasta el **DESPACHO DE LA TIRANOSAURIA**. Como se dejaron abierta la puerta del despacho, pudimos seguir con atención **LA CONVERSACIÓN**.

—Venimos a hablar de los exámenes de Mery y Dani —dijo papá.

—**UNOS EXÁMENES EXCELENTES** —contestó la Tiranosauria.

—**YO NO DIRÍA TANTO** —dijo Virgi, nuestra madre—. Aquí Mery ha escrito la palabra «Pinta» y se ha olvidado el punto de la «i». Lo veo un **FALLO GRAVE**...

—Bueno —añadió mi padre—. Es que fíjese bien: aquí, Dani, en lugar de «Cristóbal Colón», ha escrito **«CRISTÓBAL CAGÓN»**...

—Alguien ha modificado la letra con un bolígrafo diferente —dijo la Tiranosauria—. **NO HABRÁ SIDO USTED, ¿SEÑOR MATEO?**

Papá no contestó. Fue mamá quien lo hizo.

—Lo único que necesitamos es que rectifique la nota y les ponga un notable o un notable alto...

—Es la primera vez que unos padres me piden que baje la nota de sus hijos —dijo la Tiranosauria.

—Le hemos traído **un pequeño obsequio**, por las molestias...

Nuestros padres entregaron el lote de productos a la Tiranosauria.

VAMOS, QUE LA INTENTARON SOBORNAR CON UN REGALITO...

¿¿¿ACASO...

CREEN
QUE PUEDEN
SOBORNARME???

—¡FUERA DE MI DESPACHO AHORA MISMO!

La Tiranosauria echaba fuego y tuvo que respirar profundamente para calmarse. Luego dijo:

—No sé qué les han prometido a sus hijos si sacaban un excelente en mi asignatura, pero, sea lo que sea, deberán cumplirlo, puesto que ellos se han esforzado mucho para conseguir estas notas tan buenas.

Nuestros padres salieron del despacho de la Tiranosauria por piernas, tan rápido que casi chocamos en el pasillo.

—¿Qué hacéis aquí? —pregunté.

Y entonces lo dijeron... Nunca antes una noticia tan buena había sido expresada de un modo tan triste:

—Enhorabuena, chicos, os lo habéis ganado —dijeron—. **TENDRÉIS VUESTRAS «24 HORAS SIN DECIR "NO"».**

¡¡¡YUJUUUUUUU!!!

7 ROBO EN UNA JOYERÍA

HOY ES EL GRAN DÍA.

Las «24 horas sin decir "no"» han empezado a las siete de la mañana.

Lo primero que hemos hecho ha sido ir al puerto de Tragalobos para alquilar **UN BARCO**.

PERO, NADA MÁS LLEGAR, NOS HEMOS TOPADO CON UNA MALA NOTICIA.

Un señor del pueblo iba dando folletos a todas las personas que pasaban por allí.

—Por favor, si tenéis alguna información, llamadme. **¡ME HE ARRUINADO!**

Se notaba que el hombre debía ser bastante rico porque iba bien vestido y muy bien arreglado, y olía a perfume caro..., pero parecía **MUY TRISTE**.

Eché un vistazo al folleto:

ROBO EN LA JOYERÍA DE TRAGALOBOS

Unos desconocidos han robado de madrugada en la joyería de Tragalobos y se han llevado todo lo que había de valor. ¡Si han visto algo o tienen alguna pista, por favor, llámenme cuanto antes!

Perico Truhan

Teléfono: 587 91 78

La verdad es que ya nos habíamos enterado del **SUCESO**. Tragalobos es una ciudad muy pequeña y una noticia como esa, un robo en una joyería, se extiende más rápido que un fuego alimentado con gasolina. Sin embargo, **CONOCER EN PERSONA A AQUEL POBRE HOMBRE NOS HA IMPACTADO MUCHO**.

—La joyería es mía y ahora estoy en bancarrota —nos ha explicado Perico—. Si sabéis algo de mis joyas, **POR FAVOR, LLAMADME**.

Me he guardado el folleto y le hemos deseado buena suerte.

—Es extraño que esté **ARRUINADO** —ha comentado papá mientras caminábamos—. Tengo entendido que tiene más joyerías en otros lugares del mundo.

—**Y NORMALMENTE ESTÁN ASEGURADAS** —ha añadido mamá.

—¿Qué significa «estar asegurado»? —ha preguntado Dani.

—Las joyerías suelen contratar un **SEGURO**. Pagan un buen dinero cada año y, si les ocurre algo inesperado como un robo o un incendio, entonces recuperan el dinero.

Era evidente que el pobre Perico no tenía ningún seguro porque parecía **DESESPERADO**.

La noticia era triste, pero nada podía quitarnos la ilusión de disfrutar del **MEJOR DÍA** de nuestras vidas.

Hemos caminado por el puerto hasta dar con el **YATE** que nuestros padres han alquilado.

NO ESTÁ NADA MAL, ¿EH?

Un señor, vestido con ropa de trabajo, nos ha invitado a subir.

—¿Qué os parece? **MOLÓN, ¿VERDAD?**

Todos le hemos dicho que sí.

—**TIENE QUE ESTAR DE VUELTA PARA MAÑANA A ESTA MISMA HORA** —nos ha explicado—. El propietario lo necesitará para entonces.

—No hay ningún problema —ha contestado Dani—. Lo tendrás de vuelta al mediodía, porque esta tarde...

¡NOS TIRAMOS EN PARACAÍDAS!

A papá no le ha hecho **NINGUNA GRACIA** lo de tirarse en paracaídas.

—Creía que queríais el barco para un día entero...

—Sí, sí, **UN DÍA ENTERO**, por si las moscas... —ha contestado papá, y le ha entregado al hombre un sobre con dinero.

El operario nos ha mostrado todo el barco.

LA POPA

EL PUENTE DE MANDO

Y LA BODEGA

Seguro que también os ha llamado la atención. En la bodega había una trampilla con un cartel pintado en el suelo:

«PROHIBIDO EL PASO».

—Aquí no se puede entrar, ¿de acuerdo? —ha dicho el hombre.

—¿Por qué? —he preguntado.

—EL PROPIETARIO NO LO QUIERE.

A Timba le ha llamado la atención **de inmediato** y ha empezado a olisquear la trampilla con gran interés. Supongo que han sido imaginaciones mías, **PERO ME HA PARECIDO ESCUCHAR UNOS RUIDOS QUE VENÍAN DE DEBAJO LA TRAMPILLA**...

8 ¿DÓNDE ESTÁ EL SERVICIO?

Pero volvamos al principio, es decir, a nuestro desayuno en las hamacas del yate. Pienso que mi vida no puede ser **MEJOR**. Entonces me doy cuenta de que tengo la copa vacía y que me apetece un poco más de zumo de piña. Me giro hacia atrás, pero **NO VEO A NADIE**.

—¿Dónde está el servicio? —pregunto, extrañada.

Dani mira hacia atrás y se encoge de hombros.

—Se habrán tomado **UN DESCANSO**. Supongo que hoy no es el día más fácil de sus vidas, je, je...

NOS REÍMOS LOS TRES.

SOLO UN POCO.

La verdad es que nuestros padres dan un poco de lástima y pienso que tampoco tenemos que pasarnos mucho con ellos. Es cierto que jugaron sucio con lo de la cámara en el lavabo e intentando sobornar a la Tiranosauria para que nos bajara la nota del examen, pero **en esta vida hay que saber ganar**.

Y ESTÁ CLARO QUE NOSOTROS HEMOS GANADO.

—Tenemos que hacer que nuestros padres también se lo pasen bien —comento.

—Sí, a lo mejor no hace falta que se tiren con nosotros en paracaídas —dice Dani—.

PUEDEN ESPERARNOS ABAJO, ¿NO CREES?

No hay respuesta. **SOLO SILENCIO.**

Insisto otra vez y vuelvo a llamarles.

NADA.

De repente, escuchamos el **RUIDO DE UN MOTOR**. Extrañados, nos levantamos de las hamacas y nos acercamos a la borda. Hay una lancha motora surcando las olas del mar, alejándose a toda **VELOCIDAD**.

—Parece la misma lancha que tenemos en el barco —comenta Omar.

—Y los dos que van en la lancha se parecen mucho a nuestros padres —comenta Dani.

UN MOMENTO...

¿UNA LANCHA QUE SE PARECE MUCHO A LA QUE TENEMOS EN EL BARCO?

¿UN HOMBRE Y UNA MUJER QUE SE PARECEN MUCHO A NUESTROS PADRES?

—¡Se están largando! —exclamamos.

NO PUEDE SER VERDAD.

Tiene que tratarse de un error. Recorremos el barco llamando a voces los nombres de nuestros padres:

Nada.

LA LANCHA HA DESAPARECIDO.

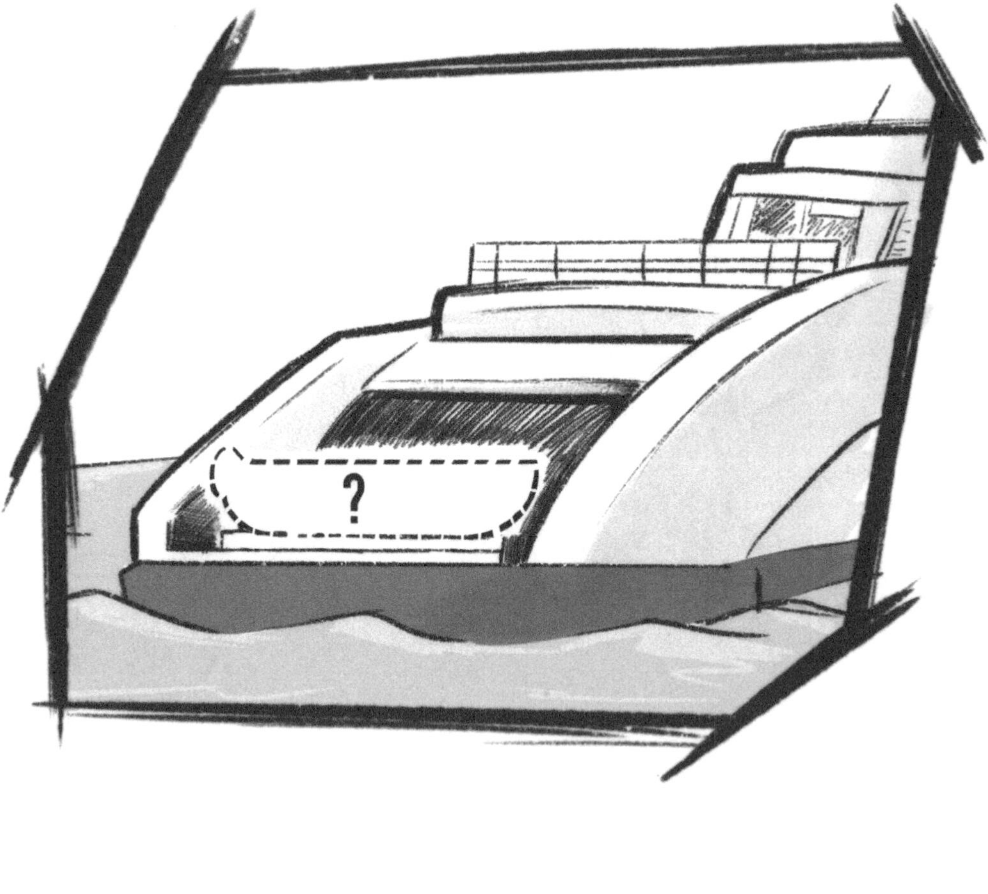

Vamos al puente de mando. No encontramos las llaves por ningún lado. Lo que sí encontramos son sus **TELÉFONOS MÓVILES**.

—Seguro que volverán enseguida —dice Dani—. No dejarían sus teléfonos tirados por aquí, ¿no crees?

Cojo el teléfono de mamá y lo enciendo. El WhatsApp está abierto y hay un **MENSAJE DE VOZ** gravado. Le doy al *play* y, al instante, se escucha la voz de Virgi.

Queridos hijos: cuando escuchéis este mensaje ya nos habremos ido. Esperamos que disfrutéis de estas «24 horas sin decir "no"». Nosotros vamos a cumplir con nuestro compromiso y no os vamos a negar absolutamente nada, je, je. El caso es que no estaremos aquí para deciros «no», pero tampoco estaremos aquí para deciros «sí». Por lo tanto, cuando vuestras boquitas nos pregunten cosas como: «¿Mamá, me compras una tarántula goliat?», esta será la respuesta...

La voz se quedó **CALLADA** durante un rato bastante largo, y entonces siguió papá.

Exacto: el silencio será nuestra respuesta. No la lieis muy parda, chicos. Y, por cierto, no busquéis la llave del barco porque la tenemos nosotros. Os quedaréis aquí anclados hasta mañana por la mañana. A las siete y un minuto volveremos a buscaros, cuando las «24 horas sin decir "no"» ya se hayan acabado. ¡Pasadlo muy bien!

Nos la han jugado bien jugada. Primero nos quedamos callados. Entonces nos ponemos a **CHILLAR**. Las **PALABROTAS** e improperios que soltamos a continuación no pueden escribirse en un libro juvenil porque os aseguro que algunas son bastante gordas.

9 BAD MILK

Somos niños y los enfados no nos duran demasiado rato.

—A ver —dice Omar—. Eso nadie se lo esperaba. Todos teníamos **muchas ganas** de:

—saltar en paracaídas,
—adoptar a dos mascotas más y
—hacer una fiestuqui esta noche,

pero... ¿habéis visto dónde estamos?

Todos miramos a nuestro alrededor. Estamos en un yate maravilloso en medio del mar, con un montón de comida basura y tiempo para divertirnos hasta mañana, cuando vengan a buscarnos nuestros padres.

TAMPOCO ES PARA PONERSE A LLORAR, ¿NO?

TIENE RAZÓN.

De modo que, sin darle muchas más vueltas, hacemos lo que hay que hacer en una situación como esta:

¡DIVERTIRSE A TOPE!

NOS BAÑAMOS EN EL MAR.

HACEMOS ESNÓRQUEL.

Y SALTAMOS EN TRAMPOLÍN.

La verdad es que lo pasamos genial y no decidimos parar de bañarnos **HASTA QUE NOS ENTRA UN HAMBRE VORAZ**.

Descubrimos que nuestros padres ya lo tenían todo planeado cuando encontramos en la nevera comida para alimentar un regimiento.

Este es el MENÚ:

—macarrones a la boloñesa

—carne rebozada

—¡helado a mansalva!

Después de comer jugamos a un juego de mesa y volvemos a bañarnos.

MÁS TRAMPOLÍN, MÁS MAR Y MÁS ESNÓRQUEL.

Lo pasamos tan bien que el tiempo vuela que da gusto y por la noche volvemos a estar hambrientos. Nos sentamos a devorar más comida **Y ENTONCES ME DOY CUENTA DE QUE HAY ALGO QUE NO CUADRA.**

La verdad es que, cuando hay comida en la mesa, Timba SIEMPRE está con nosotros.

Y AHORA ESTAMOS CENANDO.

Y CUANDO CENAMOS TIMBA SIEMPRE ESTÁ CON NOSOTROS.

Ya hemos tenido alguna mala experiencia con nuestro perro. Una vez se nos escapó de noche y tuvimos mucho miedo de que le hubiera pasado algo malo. **PERO LO DE HOY ES MUY RARO.** Estamos en medio del mar.

¿DÓNDE PUEDE HABER IDO?

Empezamos a buscar por todo el barco gritando su nombre.

Escuchamos unos gemidos que provienen de la bodega.

Lo encontramos en la bodega, justo encima de la trampilla con aquel cartel pintado en el suelo:

«PROHIBIDO EL PASO».

Con una pata delantera rasca la trampilla como si intentara abrirla.

—¿Qué hay aquí dentro, Timba? —le pregunta Dani.

Timba gime con más intensidad.

ENTONCES ESCUCHAMOS OTRO SONIDO:

ÑIIIIIIC

Un sonido que viene del interior de la trampilla.

SCRATCH
SCRATC
SCRATCH
SCRATCH
SCRATCH
SCRATCH

HAY ALGO VIVO ALLÍ DENTRO.

ME ENTRA MIEDO.

ME ENTRA CURIOSIDAD.

ME ENTRAN UN MONTÓN DE COSAS DIFERENTES.

—Aquí pone **«PROHIBIDO EL PASO»**, pero... ¿no creéis que tendríamos que abrir la compuerta?

Lo pensamos durante unos instantes. A ver, los que nos conocéis ya sabéis que **NUESTRO FUERTE NO ES SEGUIR LAS REGLAS**...

—¿**VOTOS A FAVOR** de abrirla? —pregunta entonces mi hermano.

Los tres levantamos la mano al instante. Timba está muy angustiado tratando de abrir la compuerta y queremos ayudarlo.

Lo hago yo misma. Abro la compuerta y **UN BICHO** sale correteando a toda velocidad del interior. Es extremadamente rápido. Cuando se queda quieto, lo miro atentamente. **ES UN HURÓN.** Increíble. ¡Dentro de ese lugar había un hurón!

Timba se acerca cautelosamente al animal y los dos se huelen. ¡Y rápidamente **SE HACEN AMIGOS**! Se nota que quieren jugar juntos.

Me acerco poco a poco al hurón. Lo acaricio y entonces miro **EL COLLAR**.

Debe ser **su nombre**, ¿no?

—Se llama Bad Milk —explico.

No domino mucho el inglés, pero vamos, hasta ahí sí que llego. ***BAD MILK* SIGNIFICA «MALA LECHE».** La verdad es que el hurón no parece tener mal carácter, sino todo lo contrario. Es juguetón, se deja acariciar y tiene muchas ganas de hacerse amigo de Timba.

De reojo, veo que Omar ha **ENTRADO** en la zona prohibida.

No sé qué es lo que no me voy a creer hasta que entro dentro de la **TRAMPILLA**. Allí hay varias cajas. Omar me muestra su contenido. Con las manos abiertas, coge UN MONTÓN de joyas de oro, plata y platino.

¡ES UN AUTÉNTICO TESORO!

—¿De dónde ha salido ese tesoro? —pregunto.

Piensa mal y acertarás. **ME DOY CUENTA DE QUE YA LO SÉ.** Acaban de robar una joyería en Tragalobos y nadie sabe dónde está el **BOTÍN**. Me temo que acabamos de encontrarlo.

10 NO SE LO DIGÁIS A NADIE

Lo primero que me viene a la cabeza es lo **ANGUSTIADO** que estaba el pobre propietario de la joyería robada.

¿CÓMO SE LLAMABA? AH, SÍ: PERICO TRUHAN.

Aún tengo la **HOJA DE PAPEL** en el bolsillo de los pantalones.

Allí está anotado su teléfono. No me lo pienso dos veces. Uso el móvil de mamá para contactar con él.

Una voz de hombre responde a la **LLAMADA**.

—Perico Truhan al habla. ¿En qué puedo ayudarle?

—Tú no puedes **AYUDARME** en nada —le digo—, pero mis amigos y yo te vamos a dar una gran alegría...

HEMOS ENCONTRADO... ¡LAS JOYAS ROBADAS!

SE HACE UN SILENCIO.

Me esperaba una **CELEBRACIÓN** a lo bestia como cuando:

- te dicen que te ha tocado la lotería;
- tu equipo marca el gol de la victoria en el último minuto;
- sacas un 10 en Historia a pesar de tener a la Tiranosauria de profe;
- encuentran tu tesoro perdido.

Pero nada.

EL TIPO SE QUEDA CALLADO.

—¿No te alegras?

—Oh, sí, claro, perdona... Es la emoción, que no me deja hablar, snif, snif...

Escucho sus **SOLLOZOS**. El pobre hombre llora de la emoción. Cuando era pequeña yo también lloré de alegría cuando vi lo que nos habían traído los **Reyes Magos**. A ver, casi nunca ocurre, pero puede ocurrir...

—¿Dónde habéis encontrado **LAS JOYAS**? —me pregunta.

—En un yate que hemos alquilado —le explico.

—¡INCREÍBLE, QUÉ SUERTE HE TENIDO!

—Mañana por la mañana te lo devolvemos, ¿vale?

—¿No podría ser ahora? —pregunta el hombre.

—Es que el yate está anclado en alta mar y no podemos irnos hasta mañana por la mañana...

—Ya iré yo —contesta Perico—. ¿Por qué no me mandas tu **LOCALIZACIÓN**?

Entiendo que esté ansioso por recuperar sus joyas. **ASÍ QUE SE LA MANDO.**

ENVI

—Voy enseguida —me dice—. Ah, por cierto, no se lo habéis dicho **A NADIE MÁS**, ¿no?

—No.

—Pues no hace falta comentárselo a nadie, ¿vale? —dice el hombre—. Voy enseguida.

¡NO SE LO DIGÁIS A NADIE!

Perico Truhan cuelga la llamada al instante.

Tanto Dani como Omar me miran con cara de preocupación. Ellos han escuchado la conversación y creo que están pensando lo mismo que yo, así que lo pregunto en voz alta:

¿POR QUÉ HA INSISTIDO TANTO EN QUE NO SE LO DIGAMOS A NADIE? ¿NO ES UN POCO RARO?

11 EL PROPIETARIO

Omar se pone en plan investigador privado.

—¿Quién ha escondido las joyas robadas en este barco? —pregunta.

—El ladrón, por supuesto —contesta mi hermano.

—**ELEMENTAL**, querido Dani —dice Omar—. Entonces es muy probable que el ladrón pueda entrar y salir de este barco cuando quiera. **¿CREÉIS QUE ES EL SEÑOR QUE SE LO HA ALQUILADO A VUESTROS PADRES?**

—No lo creo. Si las hubiera robado, no lo alquilaría a nadie. **DEMASIADO ARRIESGADO.**

—**ELEMENTAL**, querida Mery —dice Omar—. Estoy convencido que ese señor no sabe nada. Además, **¿RECORDÁIS LO QUE NOS DICHO?**

—¡Entonces el ladrón debe ser el propietario del barco! —exclama Dani, eufórico—.

PERO... ¿CÓMO AVERIGUAMOS QUIÉN ES?

—Lo debe poner en algún papel —dice Omar.

Lo que dice tiene sentido, así que nos ponemos a **INSPECCIONAR** el yate de arriba abajo.

BUSCAMOS POR TODAS PARTES.

¿? ¿?

EN LA BODEGA...

EN EL PUENTE DE MANDO...

INCLUSO EN LOS LUGARES MÁS ABSURDOS...

Mi hermano a veces es... bueno, ya sabéis qué es. Pero hay que reconocer que otras veces es...

¡UN GENIO!

—¡Eh, chicos, mirad qué casualidad! Acabo de averiguar quién es el propietario del yate, y a qué no sabéis cómo se llama...

Pues no, **¿CÓMO VAMOS A SABERLO?** Dani a veces es..., es..., es...

(Ya sabéis lo que es)

—El propietario se llama **PERICO TRUHAN**, exactamente igual que el propietario de la joyería. **¿NO OS PARECE UNA CASUALIDAD INCREÍBLE?**

Nos quedamos en silencio durante unos instantes.

—La casualidad es tan increíble que igual no es una casualidad —dice Omar.

—El propietario de la joyería es el ladrón de la joyería —pienso en voz alta—. ¿Qué sentido tiene?

ENTONCES LOS TRES NOS HEMOS ACORDADO DE LO QUE NOS HAN EXPLICADO NUESTROS PADRES.

PIENSA MAL Y ACERTARÁS. Las joyerías tienen un seguro por si las roban o las atracan. Perico Truhan, además, tenía varias joyerías en países distintos.

¿Y si se hubiera robado a sí mismo para cobrar el seguro y, a la vez, poder vender las joyas en otro lugar?

EL PLAN DEL LADRÓN:

(Perico Truhan)

1. **ROBO MI PROPIA JOYERÍA.**
2. **COBRO EL SEGURO (UN MONTÓN DE PASTA).**
3. **VENDO LAS JOYAS EN UNA JOYERÍA DEL EXTRANJERO SIN QUE NADIE SE ENTERE (OTRO MONTÓN DE PASTA).**

—Mañana tenía previsto irse de viaje con el yate. Fijo que quería llevarse la mercancía al extranjero.

ENTONCES ME PONGO MÁS BLANCA QUE EL PAPEL.

Me doy cuenta de que **ACABO DE MANDARLE NUESTRA UBICACIÓN AL LADRÓN DE LAS JOYAS** y que en ese preciso instante está viniendo hacia aquí.

12 PERICO TRUHAN

Estamos escondidos dentro de la trampilla, custodiando el botín robado de la joyería.

Ya llevamos muchísimo rato esperando cuando escuchamos **UNOS PASOS** que se acercan.

TAP TAP TAP TAP TAP TAP TAP TAP

TAP TAP TAP TAP TAP TAP TAP TAP

Alguien abre la compuerta e ilumina la estancia con una linterna. **ES PERICO TRUHAN.**

—¿**Dónde estás**, Bad Milk? —dice su voz enfadada—. ¿Has permitido que unos simples niños encontrasen las joyas? ¿No te ordené que **DEFENDIERAS** el botín?

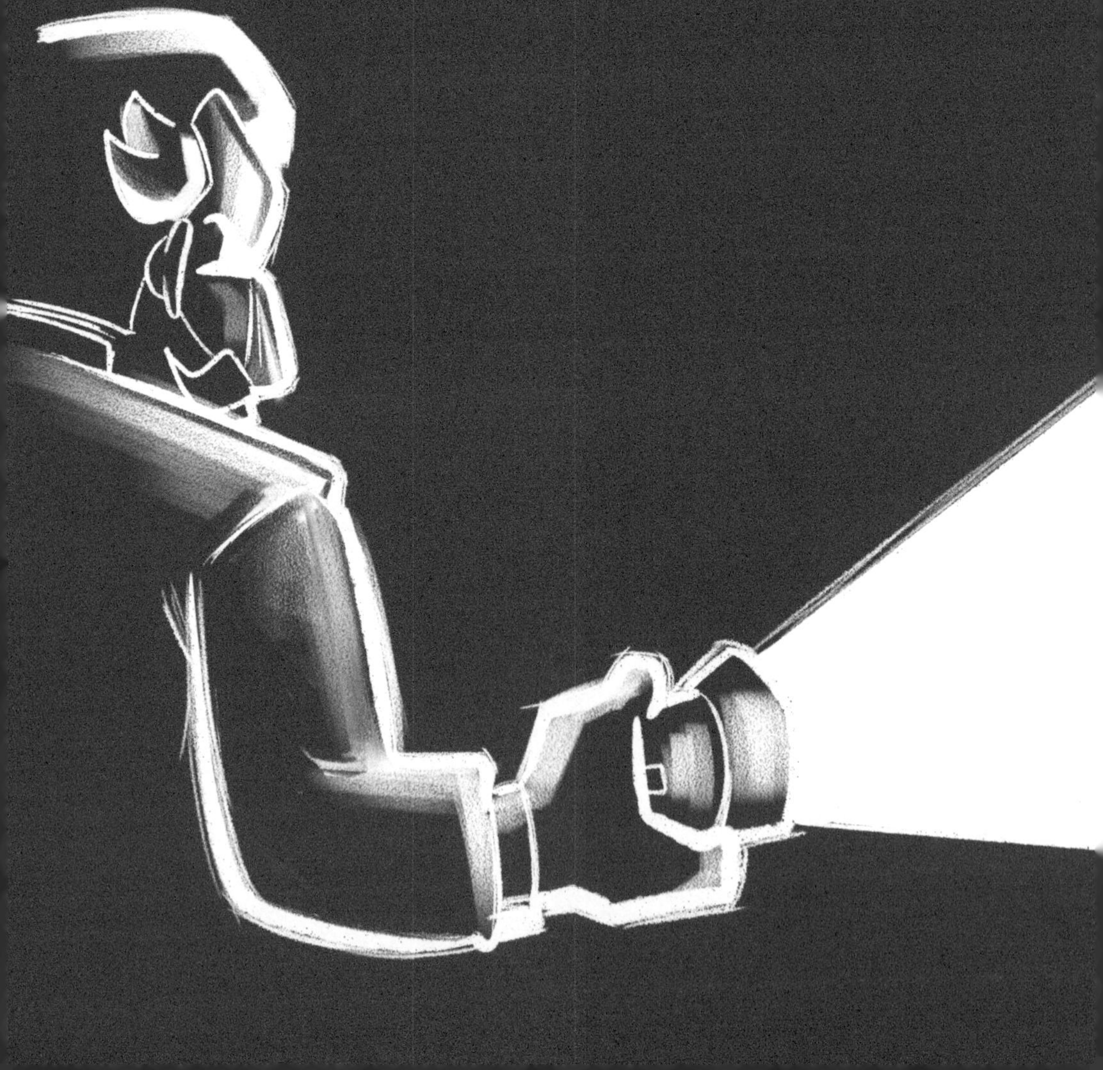

La verdad es que Bad Milk está **CON NOSOTROS**, acurrucada junto a Timba. Ese tipo seguro que no debía ser un buen amo para ella, porque el hurón parece que le tiene miedo.

LA LINTERNA ENFOCA AL POBRE HURÓN.

Maldita bestia, te voy a dar tu merecido.

Perico Truhan se dirige hacia el hurón, pero, de repente, se escuchan **FUERTES GRITOS** en la sala.

¡POLICÍA!

¡DETENTE!

Pero ¿qué os pensabais? ¿Que no avisaríamos a la policía?

¡ESTAMOS LOCOS, PERO NO TANTO!

La verdad es que han sido muy rápidos. Los hemos **LLAMADO** y han acudido al lugar en menos que canta un gallo.

Dos agentes de la policía reducen a Perico Truhan y le esposan las manos detrás de la espalda.

—QUEDA USTED DETENIDO, ACUSADO DE ROBO Y ESTAFA.

—¡Soy inocente! —exclama, pero está claro que es culpable.

Todo parece indicar que el muy caradura va a pasar una larga temporada en la cárcel.

—¡Habéis estado **GENIALES**, chicos! —nos felicita un agente—. La próxima vez llamad primero a la policía.

Le aseguramos que así lo haremos.

Miro la hora.

SON LAS SEIS Y VEINTE DE LA MADRUGADA Y AÚN NO SE HAN ACABADO LAS «24 HORAS SIN DECIR "NO"».

13 ¡POR FAVOR!

Ya empieza a salir el sol cuando vemos la lancha de nuestros padres surcar las **OLAS** del mar. Ayer vimos cómo se alejaban, pero ahora vienen hacia nosotros.

Paran el vehículo delante del yate y suben las escaleras para llegar a donde estamos.

SE NOTA QUE SE HAN ANGUSTIADO.

—Ya es **MALA SUERTE** que, de todos los yates del mundo, tuvierais que acabar en uno con mercancía robada —dice mamá.

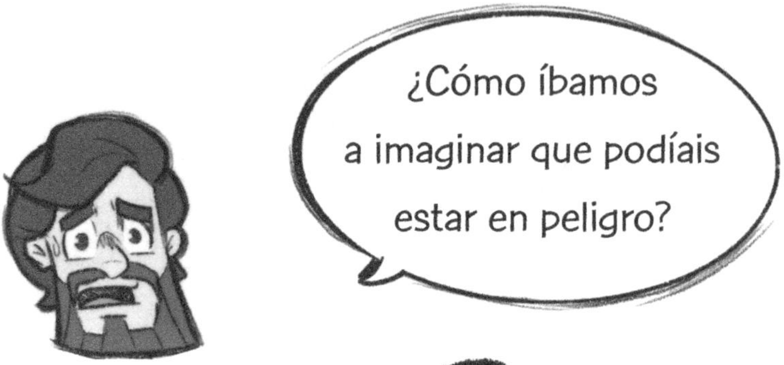

Nos abrazamos porque **LA VERDAD ES QUE HEMOS TENIDO UN POCO DE MIEDO**.

X-treme

Entonces todos nos fijamos en Bad Milk.

La verdad es que el hurón da lástima.

Su amo deja mucho que desear y, por si fuera poco, ahora va a acabar entre rejas.

LA POBRE ESTÁ SOLA EN EL MUNDO.

MIRO EL RELOJ. SON LAS 6.57.

Eso quiere decir que aún no se han acabado las «24 horas sin decir "no"».

—¿Nos la podemos quedar? ¡Por favor!

BAD MILK

—Bueeeeeeno, vaaaaaale... —contestan nuestros padres—. ¡Sí!

¡SÍ! ¡SÍ! ¡SÍ! ¡SÍ! ¡SÍ! ¡SÍ! ¡SÍ

Nosotros lo celebramos **A LO BESTIA**, porque la situación lo requiere.

LISTA DE COSAS QUE SE MERECEN UNA CELEBRACIÓN A LO BESTIA:

-Cuando te ha tocado la lotería.

-Cuando tu equipo marca el gol de la victoria en el último minuto.

-Cuando sacas un 10 en Historia a pesar de tener a la Tiranosauria de profe.

-Cuando encuentran tu tesoro perdido.

-Cuando te puedes quedar la mascota más molona del mundo.